Este libro
es propiedad
del pirata:
tato

LOS LOBITOS DE MAR

Cinco, como los dedos de una mano, estudian el primer curso en la Escuela de Piratas y aspiran a convertirse en expertos bucaneros.

Jim

Inteligente y audaz, está siempre dispuesto a sacar a sus amigos de cualquier apuro. Es de origen inglés.

Antón

Flaquito y un poco cobardica, siempre se está quejando de todo… Tiene orígenes franceses.

Ondina
La única chica de
la tripulación posee
una habilidad insólita:
habla con los peces.
Es portuguesa.
Babor y Estribor
Los dos enormes y requeterrubios hermanos
noruegos se parecen como dos gotas
de agua y... ¡no hacen más que
meterse en líos!

LOS CAPITANES

Los maestros Pirata tienen el título de capitán y cada uno de ellos enseña una asignatura distinta de la piratería.

Hamaca

Holgazán y dormilón, el profesor de los Lobitos de Mar es maestro de Lucha porque… reparte golpes como pocos en el mundo.

Shark

El maestro de los Tritones está lleno de cicatrices dejadas por tiburones y medusas. Enseña Navegación.

Letisse Lutesse
Es maestra de Esgrima. Bonita y siempre elegantísima, se la considera la pirata más hermosa del mar de los Satánicos.
Sorrento
El maestro de Cocina prepara el mejor caldo del mar de los Satánicos. A base de medusas, claro está.
Vera Dolores
Maestra de las Cintas Negras, la imponente enfermera de la isla es supersticiosa hasta extremos inverosímiles y una apasionada de los horóscopos.

Título original: *La Scuola dei Pirati. Lo Scoglio delle Meduse*

Tercera edición: septiembre de 2011

Av. Marquès de l'Argentera, 17, pral.
08003 Barcelona
www.piruetaeditorial.com

Impreso por Egedsa
ISBN: 978-84-92691-31-9
Depósito legal: B- 26.141-2011

Steve Stevenson

El Acantilado de las Medusas

Ilustraciones de Stefano Turconi

pirueta

A Frida, Mariuccia, Romano y Pierdomenico.
¡Sois mis compañeros de tripulación!

—¡Tierra a la vista! ¡TIERRAAAA! —anunció el vigía desde el mástil de proa.

Eran las palabras mágicas que los cinco niños habían estado esperando durante tantos días, mejor dicho, durante ¡toda una vida!

Saltaron de las literas como muelles, recorrieron a toda prisa el largo pasillo bajo la cubierta y subieron los escalones de dos en dos para llegar al puente del barco. Se reunieron en la proa, destemplados, nerviosos y entusiasmados.

Mientras se restregaban los ojos, somnolien-

tos, se percataron decepcionados de que todavía era noche cerrada. ¡No se veía nada de nada, sólo el reflejo de las estrellas en el mar!

—¿Dónde está el Acantilado de las Medusas? ¿Por qué lado? —preguntó Ondina, la única chica de la tripulación. Se abrió paso entre Babor y Estribor, los dos hermanos noruegos requeterrubios.

—Está demasiado oscuro, ¡diablos! —contestó Antón bostezando—. El vigía se habrá equivocado. Volvamos a la cama.

Antón, hijo de un comerciante de telas, especias y perfumes, era un francés un poco quejica, siempre dispuesto a lamentarse por todo.

Jim, por el contrario, observaba el mar con su entusiasmo característico:

—Voy corriendo a buscar un telescopio.

Al darse la vuelta, el niño inglés chocó con-

tra un hombretón de piel negra como el carbón y todo músculo.

Era el famoso capitán Hamaca, su maestro en la Escuela de Piratas.

—Tú no vas a ninguna parte, chico —dijo el capitán—. Ahora, vosotros cinco limpiaréis un bote. Bajaremos en él, ¡todos!

Y entregó a Jim un gran cubo lleno de agua,

que el muchacho no consiguió levantar solo.

Babor y Estribor corrieron en su ayuda, serviciales como siempre... ¡pero incluso siendo tres, les costó un montón transportarlo!

—Coged esponjas y jabón —ordenó el capitán Hamaca—. Y no os durmáis, ¡partimos en media hora! ¡Vamos, vamos, deprisa!

—¡Sí, señor! —exclamaron los niños a coro.

El capitán volvió al timón y apoyó la cabeza sobre su cojín favorito. Un minuto después, ya estaba roncando y no prestaba la más mínima atención a los frenéticos preparativos de su tripulación.

Se arriaron las velas, los cabos se desplazaron ruidosamente en los cabrestantes, se sacaron sacos y barriles de la bodega.

Los cinco aprendices de pirata, entusiasmados, limpiaron a fondo el bote que había señalado el capitán Hamaca.

Rascaron primero los mejillones y las algas secas; a continuación, Ondina sacó cuidadosamente brillo a las asas y al casco. Se sentían tan satisfechos que ninguno hablaba.

Después de una larga travesía de varias semanas, ¡por fin llegarían a la Escuela de Piratas!

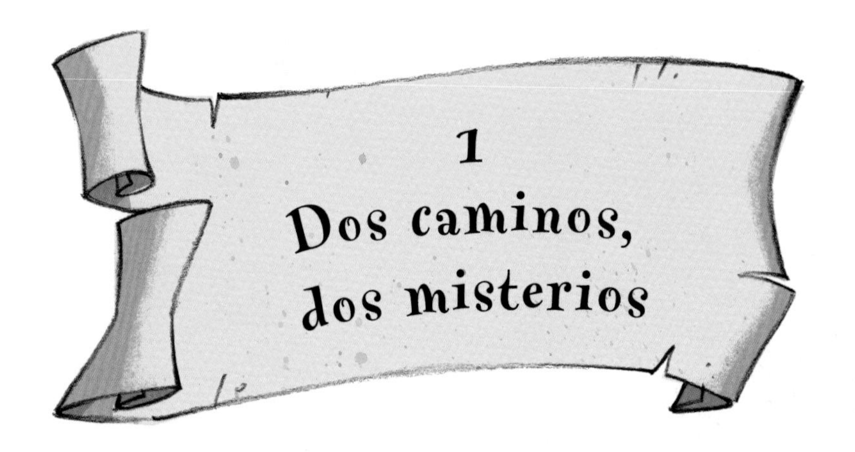

1
Dos caminos, dos misterios

Las primeras luces del alba despuntaban sobre el Acantilado de las Medusas.

Los cinco muchachos y el capitán Hamaca se hallaban en una pequeña playa pedregosa, rodeada de imponentes y altas rocas. La niebla matutina impregnaba sus ropas y en el cielo se veían nubes oscuras que anunciaban una copiosa lluvia.

Aún no habían llegado a la Escuela de Piratas, pensaron los niños. ¡Se encontraban en el sitio más feo que jamás hubieran visto!

—Si queréis ingresar en la Escuela de Piratas, tendréis que llegar por vuestros propios medios —dijo el capitán Hamaca con un tono severo.

Los muchachos cuchichearon entre sí, atemorizados. Antón se quejaba más que el resto y el capitán le lanzó una mirada fulminante que lo dejó muerto de miedo.

—Disculpe, señor maestro —intervino Jim, dando muestra de sus buenos modales—. Pero ¿cómo haremos para llegar a la escuela?

El capitán Hamaca se acercó al bote y extrajo un gran cofre. Lo depositó a los pies de los cinco aprendices de pirata, que se quedaron pasmados y con la boca abierta. Sólo había utilizado un brazo, ¡qué músculos tan increíbles!

—Aquí dentro hallaréis todo lo que necesitáis, ¡renacuajos remojados, más que renacuajos!

Dos caminos, dos misterios

Babor y Estribor se inclinaron sobre el cofre, llevados por la curiosidad de descubrir qué contenía. El capitán Hamaca produjo un estruendo al chasquear sus gigantescos dedos.

—¡Podréis abrir el cofre sólo cuando yo ya me haya marchado! —tronó.

Los dos hermanos captaron el mensaje al vuelo y volvieron a su lugar sin rechistar.

El capitán Hamaca nunca sonreía y en esta ocasión tenía una expresión más feroz de lo habitual. Ondina lo miraba paralizada. En la Escuela de Piratas, el capitán Hamaca era el maestro de Lucha porque sabía golpear como pocos y tenía una técnica de combate invencible.

—Tengo ganas de echar una larga cabezadita —dijo el aterrador pirata—. Así que os explicaré en breves palabras vuestra tarea.

Todos esperaban, conteniendo la respiración.

Capítulo 1

Tal como había prometido, el capitán Hamaca fue realmente breve: si querían ser admitidos en la Escuela de Piratas, los cinco niños tenían que elegir un camino y llegar a la escuela ellos solos. Debían cumplir su objetivo antes de que se pusiera el sol. Fácil, ¿no?

—¿Qué significan estas caras de pez globo, chicos? Ésta es vuestra primera lección. Si no sois capaces de orientaros en una isla, ¡figuraos en el mar!

Dicho esto, saltó al bote y empezó a remar con un vigor pasmoso.

—Un último consejo —gritó desde lo lejos—, ¡nunca confiéis en la palabra de un auténtico pirata!

Después, desapareció.

Los niños se miraron desconcertados. ¡No esperaban tal acogida! Se habían imaginado trepando entre las velas, tomando lecciones

sobre navegación o asaltando con cañones naves enemigas. Y en lugar de eso, ahí estaban, asustados y empapados, en un acantilado pedregoso y batido por las olas del mar. Pero ¿en qué lío se habían metido?

Jim fue el primero en reaccionar:

—Ánimo, chicos, hagamos un esfuerzo. ¡Veamos qué hay en el cofre!

Babor y Estribor estaban impacientes por saberlo y los ojos les brillaban de excitación.

En cuanto se abrió el cofre, cinco cabezas curiosas se inclinaron a mirar en su interior.

—Esto parece una brújula…

—Aquí hay un coco.

—¿Qué es esto tan extraño con tantos garfios?

—Un arpeo para sujetarse, tonto.

—Hay también un tarrito con pescado en salazón.

—Ah, una cuerda…

—¡Cinco cantimploras y cinco bolsas vacías!

—¿Y esos extraños frascos de vidrio?

Los niños se fueron pasando los objetos, intentando discernir qué utilidad darles. Por ejemplo, ¿qué hacía ahí un arpeo? ¿Y un coco? ¿Y los frascos?

Antón destapó uno. Olió el contenido e inmediatamente lo tiró tapándose la nariz.

—¡PUAJ! Por todas las tempestades de los océanos, este mejunje apesta a coliflores de mar hervidas.

Jim, Babor y Estribor lo imitaron. Parecía estofado podrido con jugo de merluza de mala calidad y un chorro de vino rancio. Sólo Ondina decidió conservar su recipiente y se lo guardó en el bolsillo.

—Pero ¿dónde están las espadas de pirata? —se quejó Antón.

—¿Y los cuchillos que se sujetan entre los dientes durante los abordajes? —añadió Babor. ¿O tal vez era Estribor? Resultaba imposible distinguir a un hermano de otro.

Jim les pidió que se tranquilizaran. El capitán Hamaca seguramente les había dejado todo lo necesario para superar la prueba. Ahora más les valía explorar el lugar donde se encontraban para saber cómo emprender su misión.

Antón tomó la brújula y la observó con cara de fastidio.

—La aguja apunta siempre hacia la N, y la N significa NO. Así que ésa es la dirección errónea —concluyó señalando el lado derecho de la costa.

Los demás niños tenían una expresión interrogativa.

—¿Estás seguro, Antón? —preguntó Ondina.

Antón levantó una ceja: no le gustaba que lo contradijeran:

—Segurísimo —dijo en tono desafiante—. Si la N significa NO, la S quiere decir SÍ. Así, pues, ¡ésa es la dirección correcta! —exclamó triunfante señalando el lado izquierdo de la costa.

Mientras tanto, Jim se había alejado del pequeño grupo. Había dos caminos tras los pedruscos, uno que se dirigía hacia la derecha y otro que se dirigía hacia la izquierda.

—¡Antón tiene razón, amigos! ¡Venid a ver!

Los llevó al camino que, según Antón, era el equivocado. En una roca plana, bajo una calavera burlona, estaba escrito en rojo:

¡PELIGRO DE MUERTE!

¡MANTENEOS ALEJADOS DE AQUÍ!

Después los condujo al camino que según Antón era el correcto. En una roca podía leerse:

¡AUDACES MUCHACHOS!

¡ESTÁIS EN EL BUEN CAMINO!

—¿Habéis visto? —dijo Antón lleno de orgullo—. ¡Yo nunca me equivoco!

Los muchachos se repartieron el equipo. Babor y Estribor, los más fuertes, tomaron el arpeo y la cuerda. Ondina cogió el coco. A Jim

le tocó el tarro de pescado en salazón, mientras que a Antón, que había demostrado ser el más listo, le confiaron la brújula. Cada uno cargó con una cantimplora y una bolsa vacía.

Emprendieron el camino en fila india, emocionados por lo sucedido.

Y así fue como los cinco ingenuos aprendices de pirata iniciaron su primera y desastrosa misión en el Acantilado de las Medusas.

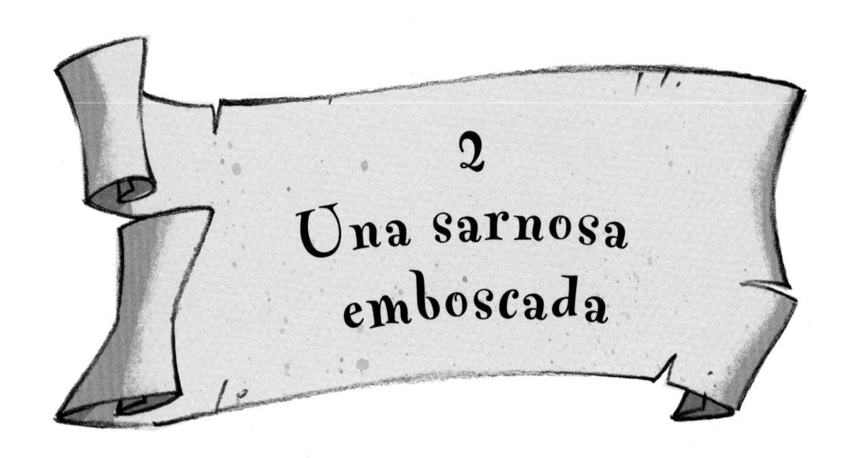

2
Una sarnosa emboscada

El camino que se deslizaba tras las rocas semejaba un laberinto angosto e intrincado. El sol todavía no había logrado atravesar la niebla y los niños temblaban a causa del punzante frío.

Continuaron avanzando en fila india.

Antón iba delante de todos y los guiaba con expresión complacida. De vez en cuando se paraba, consultaba la brújula y decidía qué dirección seguir.

En una de esas ocasiones ordenó a Babor y Estribor que se subieran a alguna roca para ver

dónde concluía el camino. Los niños obedecieron refunfuñando.

—Pero ¿quién se ha creído que es ese pequeñajo? —susurró Babor a su hermano.

—Se le ha metido en la cabeza que él es el que manda... —respondió Estribor con una sonrisa—. Pero, a la primera broma que le gastemos, cambiará de actitud, ¡ya verás!

Los dos subieron riéndose.

—¿Qué veis? —preguntó Ondina.

Era la más preocupada de todo el grupo y estaba impaciente por continuar porque se moría de frío, aunque Jim le había prestado su chaqueta en un hermoso gesto de galantería.

—¡No se ve nada! ¡Hay demasiada niebla! —gritó Babor.

Mientras fingía escrutar el horizonte, Estribor arrojó una piedra a la cabeza de Antón.

Una sarnosa emboscada

—¡Socorro, un desprendimiento de tierra! —gritó enseguida el joven francés.

¡Y de nuevo otra piedra!

Antón corrió a guarecerse detrás de una roca. Los demás lo miraban pasmados.

Babor y Estribor chocaron esos cinco.

—¡Qué miedoso! ¡Sólo eran dos guijarros! —reveló Estribor, abriendo una mano para enseñar una piedra.

—¡JA, JA, JA, JA! —rieron los demás niños.

Cuando reemprendieron la marcha, Antón,

a quien no le había hecho ninguna gracia la broma, se puso al final de la fila, enfurruñado, al tiempo que Jim ocupaba su puesto a la cabeza del grupo.

El camino continuaba cuesta arriba y los cinco estaban casi al límite de sus fuerzas.

—Uf, ¿será ésta la dirección correcta? —resopló Jim tras haber andado un buen rato.

—La aguja de la brújula continúa señalando el SÍ, así que esta dirección es correctísima —respondió la voz impertinente de Antón.

—Ummm, no estoy tan seguro... —Jim comenzó a mirar a su alrededor observando las piedras que flanqueaban el camino. Diez metros más adelante encontró un cartel bastante tranquilizador.

¡EXCELENTE, CHICOS!

¡LO ESTÁIS HACIENDO MUY BIEN!

—¿Lo veis? ¡Yo nunca me equivoco! —exclamó Antón.

Finalmente había comenzado a levantarse la niebla. Ahora conseguían ver algo más de la isla. El camino discurría en medio de rocas grises y matas secas. No había árboles. Por encima de los muchachos, a lo lejos, se distinguía un pico humeante.

—¡Qué sitio tan horrible! —gruñó Babor.

—¡Aterrador! —añadió Estribor.

—¡PUAJ! —se lamentó Ondina.

—¡Ojalá no tengamos que llegar hasta allí! —dijo pensativo Jim, señalando la cumbre humeante de la montaña.

Todos esperaban el comentario de Antón, que, por una vez, sin embargo, permaneció callado.

Los niños se dieron la vuelta para ver qué le sucedía a Antón y vieron a su compañero sen-

tado en el suelo, frotándose la cabeza. Parecía enfadadísimo con Babor y Estribor.

—¡Que os parta un rayo! —gritaba agitando el puño—. ¡A ver si dejáis de tirarme piedras!

Los dos hermanos intercambiaron una mirada preocupada.

—¿Has sido tú?

—¡No! ¿Y tú?

—Yo tampoco.

En ese momento se desencadenó una lluvia de piedras que caía de todas partes. Los jóvenes piratas si tendieron en el suelo, intentando, como podían, protegerse la cabeza. Se apretaban los unos contra los otros, pero no había manera de escapar de tal imprevisto bombardeo.

—¿Qué está sucediendo? —exclamó Jim en medio de la confusión general.

—¡No lo sé! —respondieron los demás.

Jim se armó de valor y alzó la cabeza.

Entonces vio una escena que lo dejó mudo: estaban rodeados por una treintena de monitos pelones y saltarines, que lanzaban las piedras con puntería infalible.

—¡Por el mar de los Satánicos, es un ejército de monos salvajes! —gritó Jim—. Si nos quedamos aquí, acabaremos como calamares fritos!

—¡Huyamos!

—¡A toda pastilla!

—¡NO! —gritó Ondina—. ¡Se me ha ocurrido una idea!

La niña sacó el coco de su bolsa y lo sostuvo en alto, enseñándoselo a sus sarnosos agresores.

Los monos se detuvieron, abrieron los ojos como platos y se pusieron a dar brincos de alegría.

—Tienen hambre, ¿lo veis? —dijo Ondina en voz baja.

Capítulo 2

Arrojó el coco lo más lejos posible. El fruto cayó sobre las rocas y estalló en docenas de trozos minúsculos. Los monitos se precipitaron a recogerlos, brincando felices.

—Deprisa, pongamos pies en polvorosa.

Los niños se levantaron, y escaparon sin volver la vista atrás.

Cuando llegaron a un lugar seguro, al ampa-

ro de los arbustos, se detuvieron para recuperar el aliento. Se miraron jadeando: tenían unos grandes chichones en la cabeza y seguramente unos buenos moratones por todo el cuerpo.

Jim acercó a Ondina el tarro con el pescado en salazón.

—Toma uno —le ofreció—, ¡te lo has merecido!

La niña no se lo hizo repetir dos veces, tenía hambre, estaba sedienta y muy cansada.

Se metió todo el pescado en la boca.

Lo masticó.

¡PUAJ!

—Pero ¡si es blando! —exclamó, con cara de asco—. No es pescado, son… ¡MEDUSAS!

Para quitarse el mal sabor de boca se tomó un buen trago de agua de su cantimplora.

—¡PUAJ! y ¡PUAJ!

—¡Chicos! —dijo indignada—. Es agua

sucia, ¡está llena de tierra! ¿Qué clase de broma pesada es ésta?

Pero no se trataba de ninguna broma.

Todas las cantimploras contenían agua turbia y con arena; el tarro, a su vez, ¡estaba lleno de medusas en salazón!

—¡Prefiero morir de hambre antes que comerme estas asquerosas medusas! —declaró Antón, cruzándose de brazos.

Jim, por el contrario, metió una mano en el tarro y sacó una medusa.

Cerró los ojos y se armó de valor.

¡Era su primera y desagradable comida de auténtico pirata!

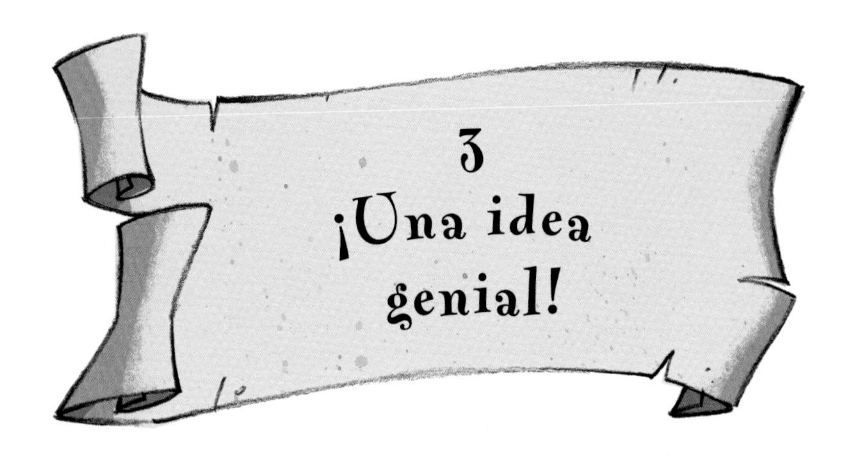

Ya era mediodía y el sol apenas se asomaba entre amenazantes e hinchados nubarrones.

Un nuevo problema atenazaba a los jóvenes piratas: ante ellos, más allá de las matas, se abría una extensa brecha en el terreno. Los niños se acercaron para observarla y se pusieron blancos como merluzas: para proseguir el camino ¡deberían cruzar un barranco!

—Según mi parecer, debe de medir al menos diez metros de ancho y cien de profundidad —calculó Antón.

—¿Cómo lo sabes? —replicó Ondina—. ¿Desde cuándo eres un experto en barrancos?

—¡Si no queréis mi ayuda, basta con que me lo digáis ahora! —exclamó Antón, ofendido—. ¡Y si hay alguien más listo que yo, que se presente!

Estribor se acercó al barranco y miró hacia abajo.

—¡BRRRRR!

Los demás niños se retiraron un poco más atrás.

—¿Cuántos metros tiene de profundidad? —preguntó prudentemente Jim.

Estribor se concentró y comenzó a contar con los dedos.

—Ummm, UNO... DOS...

¡Una idea genial!

Los niños esperaban impacientes.

—Tres… cuatro… En resumen, tendrá más o menos… ¡Cinco… de profundidad! —concluyó Estribor.

—¿¿Cinco?? —preguntaron todos los demás a coro.

Estribor se encogió de hombros:

—Lo siento, sólo sé contar hasta cinco… Pero os aseguro que si nos caemos por aquí, acabaremos espachurrados como croquetas.

¿Y ahora qué podían hacer?

¡Estaban perdidos!

Jim se puso a pensar. Y lo hizo aparatosamente, buscando señales por los alrededores.

Buscando y rebuscando, se percató de que tras los árboles secos colgaba torcido un extraño cartel de madera.

Una calavera desdentada encabezaba una frase escrita en rojo:

Capítulo 3

¡MOCOSOS, YA CASI HABÉIS LLEGADO!

¡SI CRUZÁIS EL PUENTE,

SERÉIS REALMENTE AFORTUNADOS!

—¡UN PUENTE! —exclamó Jim—. ¡Debemos encontrar un puente!

Los niños se pusieron manos a la obra y comenzaron a buscar en medio de los arbustos y tras las rocas. No era tarea fácil, pues el barranco no seguía una línea recta, sino que era muy sinuoso. Los dos hermanos saltaban entre las piedras como si fueran cabras. Ondina se desplazaba con prudencia y Jim hurgaba entre los arbustos como un verdadero sabueso.

Todos estaban atareados salvo Antón, que se mantenía lo más lejos posible del borde del barranco y, de vez en cuando, se sentaba sobre una roca y suspiraba como si se estuviera aburriendo muchísimo.

¡Una idea genial!

Hubo un momento en que Ondina le reprochó:

—¿Por qué no nos ayudas en lugar de estar contemplando las musarañas?

—Yo estoy aquí para convertirme en pirata, en el mar no hay barrancos —contestó desdeñoso.

La niña levantó una ceja y lo observó atentamente:

—Digamos más bien que eres un miedica y tienes vértigo —dijo al final con una media sonrisa.

Antón se levantó de un bote, disgustado, y ya estaba por lanzarle un grito, cuando de repente Babor llamó a sus compañeros de tripulación.

—¡Mirad aquí! ¡Hay dos cuerdas atadas a una roca!

Las dos cuerdas estaban sujetas a la misma

altura. Parecían gruesas y fuertes y estaban bien tensadas, y los otros dos extremos estaban sujetos a un grueso tronco en la orilla opuesta al barranco.

Los niños brincaron de alegría.

—¡Tenéis poco que celebrar, listillos! —intervino Antón—. ¿Qué pensáis hacer? ¿Llegar al otro lado colgados de las cuerdas?

—¡Yo voy a hacerlo! —dijo Babor.

—¡Y yo también! —añadió Estribor.

Y a punto estaban de demostrarlo a sus compañeros, cuando Jim los detuvo. Ni él ni Ondina estaban convencidos. Para emprender un recorrido semejante era necesario tener mucha fuerza en los brazos. Además, según Jim, faltaba algo importante…

—¡Tonterías! —exclamó Babor. Se agarró con resolución a las dos cuerdas y empezó a avanzar colgado en el vacío.

Avanzó una mano.

Después la otra.

Al tercer avance, estaba rojo como un pimiento por el esfuerzo y agitaba las piernas para encontrar apoyo.

—¡AYUDA! —gritó—. ¡VOY A CAERME!

Jim y Estribor lo agarraron por los pies y con un fuerte tirón lo atrajeron hacia ellos.

—¡Suelta la cuerda, tonto! —lo regañó su

hermano, tirándole de las piernas. Babor se soltó de golpe, obediente, y aterrizó sobre los otros dos formando una maraña de cuerpos, todos magullados.

Pero ¡a salvo!

—¿Lo veis? —dijo Antón regocijado—. ¡Yo siempre tengo razón!

Los niños discurrieron juntos. Tal vez no se tratara del puente del que hablaba el cartel…

Miraron a su alrededor en busca de otro paso por el que cruzar el barranco. Sin embargo, no encontraron nada que valiera la pena.

¿Qué hacer?

Jim reflexionaba. Seguía pensando que allí faltaba algo: ya había visto un puente de cuerdas cuando era sólo un niñito en las colinas de Smog Town, pero no recordaba exactamente cómo estaba hecho. Ok, había dos cuerdas… ¿y qué más?

Se rascó la barbilla…

¿Y qué más?

Se miró las manos.

¡Claro!

Reunió a los amigos y dijo:

—Chicos, ¡tengo la solución!

Pidió la cuerda a Babor y el arpeo a Estribor. Pasó la cuerda por el agujero del arpeo e hizo un nudo fuerte.

Los demás chicos lo miraban sin llegar a comprender.

Jim se acercó al abismo, avanzando en medio de las dos cuerdas colgantes.

Hizo girar la cuerda con el arpeo, formando círculos cada vez más grandes sobre la cabeza. A continuación, la arrojó al borde opuesto del precipicio… y contuvo la respiración.

¡VIVA!

El arpeo se enganchó en el tronco, como las

otras dos cuerdas. Jim tiró de la cuerda con todas sus fuerzas: pero los ganchos del arpeo estaban perfectamente sujetos.

—¡Ya está! —sonrió el joven inglés. ¡La cuerda que Jim había lanzado se encontraba en medio de las otras dos y ahora formaban una especie de puente sobre el que sí se podía caminar!

Babor y Estribor elogiaron la genial idea de su amigo. Le dieron palmadas en la espalda en señal de agradecimiento y después lo ayudaron a atar el otro extremo de la cuerda a una roca que parecía estar puesta allí adrede.

—¡Ahora sí que es fácil! —dijo Estribor.

—¡Basta con mantener el equilibrio! —confirmó Babor.

Sin pensárselo dos veces, los hermanos se pusieron manos a la obra. Se balanceaban en el puente como títeres; pero, antes de que tuvie-

ran tiempo de preocuparse por si iban a caerse o no, ya habían llegado a la orilla opuesta. Babor y Estribor saltaban de alegría.

—¡Lo hemos conseguido!

—¡Somos los mejores!

Luego le llegó el turno a Ondina y Jim.

La chica temblaba de miedo y mantenía los ojos entornados. Jim la seguía, tranquilizándola con palabras amables, aunque, en realidad, estaba más asustado que ella. Cuando llegó al árbol del lado opuesto, las piernas ya no le sostenían y se dejó caer al suelo, dando un gran suspiro de alivio. ¡Había pasado lo peor!

Pero no… ¡Faltaba Antón!

El niño tenía los brazos cruzados y el ceño totalmente fruncido:

—¡Yo no voy! ¡Es cierto, tengo vértigo! ¡Ahora ya lo sabéis! —gritó clavando el pie en el suelo como si quisiera echar raíces allí.

—Camina sin mirar abajo —intervino Ondina—. ¡Venga, es muy fácil! —lo animó.

—¡NO, YO ME QUEDO AQUÍ! —gritó Antón, obstinado.

Los niños se pusieron a pensar y se les ocurrió un plan infalible.

De repente estallaron todos juntos a voz en cuello, agitando los brazos y poniendo unas caras aterrorizadas:

—¡CUIDADO ANTÓN, LOS MONOS SALVAJES ESTÁN DETRÁS DE TI, CUIDADO!

En un segundo, el joven francés había cruzado el puente colgante.

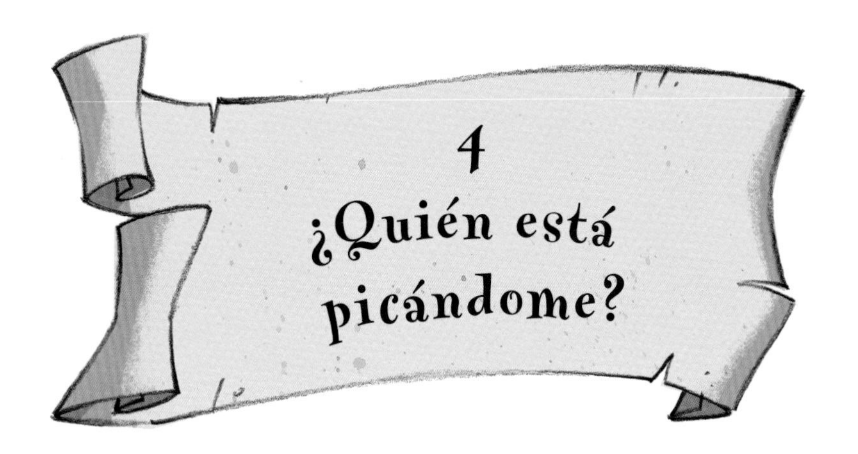

4
¿Quién está picándome?

Babor y Estribor precedían al grupo con las lenguas fuera.

El agua de las cantimploras se había terminado, incluso la de Ondina. Tras hacer mil remilgos, la niña había bebido hasta la última gota de su ración. Hacía mucho calor, y los aspirantes a pirata continuaban levantando los ojos al cielo a la espera de una refrescante lluvia.

Pero a medida que avanzaban, el camino subía más, lleno de curvas y giros, con un

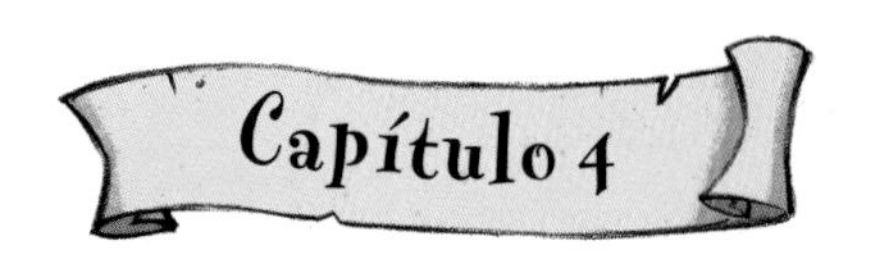

suelo cubierto de piedrecitas que resbalaban bajo sus pies.

¡Qué agotador resultaba llegar a la Escuela de Piratas!

Los niños se detuvieron a descansar. Estaban hechos polvo.

—Mucho me temo que la escuela está precisamente allí, sobre la cumbre de la montaña —dijo Jim sin aliento.

La cima parecía muy cercana, como en un espejismo, pero ¡quién sabía cuántas horas deberían todavía caminar para llegar hasta ella!

—¡Bah! ¡Construir una escuela de piratas en lo alto de una montaña! ¡Qué lugar tan estúpido! —se lamentó Antón como era de costumbre—. Y pensar que mi padre ha desembolsado cien monedas de plata para matricularme…

—¿Tanto? ¡Nuestra madre ha pagado cinco! —dijeron a coro Babor y Estribor.

Los niños estallaron en risas al recordar que Babor y Estribor sabían contar sólo hasta cinco.

Reemprendieron a regañadientes la marcha. Pero cuando estaban a punto de superar una gran y angulosa roca, Jim pidió a todos que se detuvieran. Había oído un extraño ruido:

—Silencio, escuchad... —susurró.

Sorteó la roca con una agilidad felina. Y cuando estuvo en el otro lado, anunció triunfante:

—¡UNA CASCADA!

Sobre la pared de la montaña, treinta metros más arriba, fluía un pequeño manantial natural. El agua se almacenaba en un laguito rodeado de una espesa vegetación.

Los niños se pusieron a correr como locos.

—Viva, ¡llenaremos las cantimploras!

—¡Nos daremos una buena zambullida!

Estaban tan contentos que ninguno vio el cartel que había entre el follaje:

¡SI OS QUERÉIS REFRESCAR,
NO OS OLVIDÉIS DE APESTAR!

Antón se zambulló el primero, dando una voltereta en el aire, los otros lo siguieron inmediatamente.

Babor y Estribor chapoteaban como focas y se salpicaban el uno al otro, Ondina nadaba con la gracia de una sirena, Jim daba veloces brazadas. Fueron los cinco minutos más relajantes de todo el día.

Habiéndose refrescado y de mucho mejor humor, los jóvenes piratas salieron del agua y se sentaron a descansar en la orilla.

—Chicos —suspiró Jim satisfecho—, hacía un montón de tiempo que no me sentía tan bien.

—¿Y las cantimploras? —intervino Antón—. ¿Cuándo las llenamos? Nos servirán para terminar... ¡AAAAAAAY!

Babor le había propinado un bofetón en la mejilla.

—Pero ¿qué te pasa? —se lamentó el chico frotándose la mejilla.

—Tenías un insecto caminando por el cuello —se excusó Babor—. Se detuvo en la mejilla y estaba a punto de picarte.

—¿Qué era? ¿QUÉ ERA? —preguntaba Antón mientras se palpaba aterrorizado la cara.

—Parecía un mosquito, pero era el doble de grande —contestó Babor.

—¿El doble? —repitió Ondina, señalando otro que planeaba por encima de su cabeza—. A mí me parece al menos cuatro veces más grande que los mosquitos normales...

—¡Socorro! —gritó Antón, agitándose.

Capítulo 4

Del follaje había surgido una escuadrilla de mosquitos gigantes dispuestos a arrojarse sobre los jóvenes piratas como águilas en picado.

—¡Larguémonos!

—¡Por aquí!

—¡No! ¡Por allá!

—¡Adelante!

—¡Detrás!

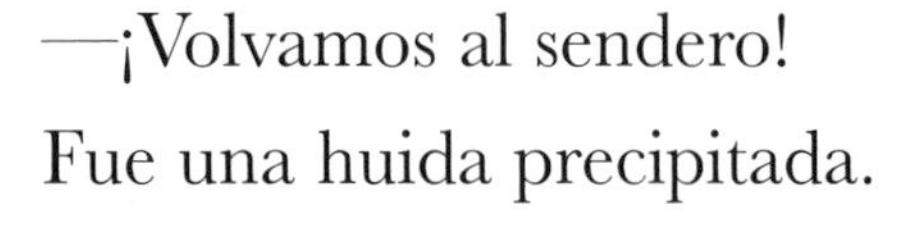

—¡Volvamos al sendero!

Fue una huida precipitada.

Los muchachos intentaban

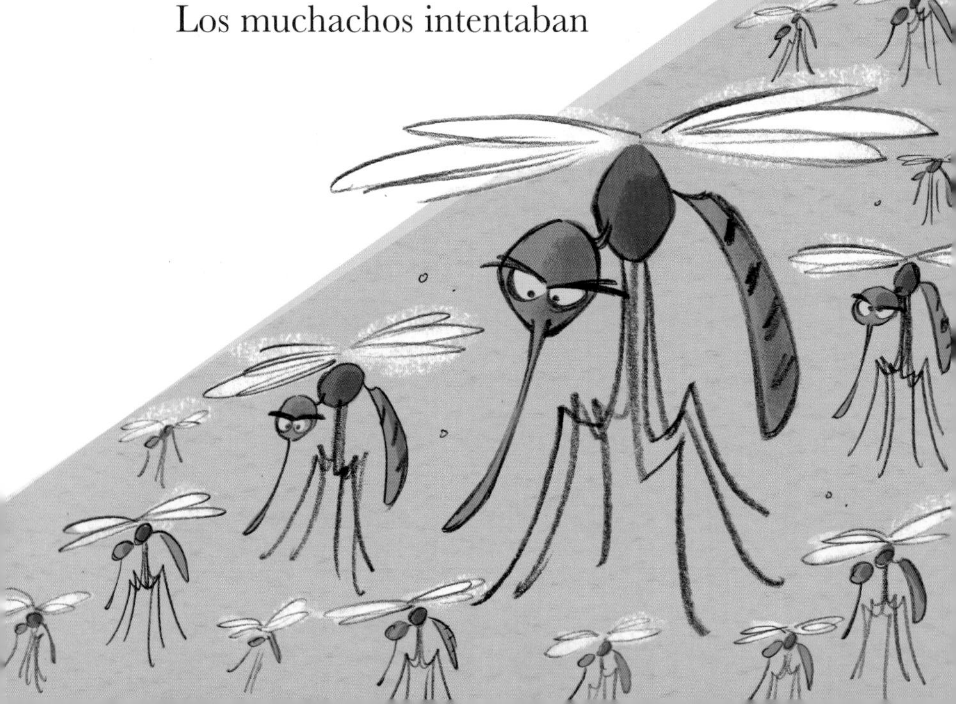

de todas las formas posibles evitar las picaduras: agitaban los brazos, brincaban como caballitos, rodaban por el suelo. Sólo cuando llegaron de nuevo a la gran roca angulosa y se situaron en la otra parte, los mosquitos dejaron de seguirlos. Pero las picaduras estaban hinchándose como grandes globos rojos y producían un terrible escozor. Los niños se rascaban unos a otros, dándose órdenes frenéticas.

—¡Más abajo, más abajo! ¡A la izquierda, pirata de medio pelo! ¡A la izquierda, te he dicho! ¡Sí! ¡Sí! ¡RASCA!

Jim tenía tres picaduras muy juntas en la mano derecha. Antón tenía seis, todas en la cara. Babor, cuatro; y su hermano, hasta nueve, diseminadas por todos lados.

Mientras que Ondina…

—¿DÓNDE SE HA METIDO ONDINA? —gritó Jim.

Capítulo 4

No estaba con ellos al resguardo de la gran roca. Se asomaron a mirar al otro lado. La llamaron. Nada que hacer.

—¿No se habrá quedado en el laguito? —dijo Babor, con la cara blanca como una vela recién lavada a causa de la preocupación. La sola idea de volver a la madriguera de aquellos insectos hambrientos lo aterraba.

—¡Los mosquitos gigantes la han devorado! —lloriqueó Estribor.

—¡La hemos perdido para siempre! —dijo Antón, pesimista como era habitual.

Un escalofrío recorrió la espalda de los muchachos.

—¿Qué tonterías son ésas? —preguntó Ondina, como salida de la nada—. ¡Los verdaderos piratas no lloriquean de este modo! —les reprochó poniendo los brazos en jarras—. ¡Estoy sana y salva, incluso más que vosotros!

A continuación alargó los brazos y se adelantó para abrazar a sus amigos.

¡PUAJ!

Los cuatro piratas arrugaron la nariz y se volvieron hacia otra parte con desagrado. Ondina emanaba un hedor que parecía la mezcla de aceite de merluza, bacalao enmohecido y chinches triturados.

—Para protegerme de los mosquitos, me he puesto el líquido pestilente por todo el cuerpo —explicó la muchacha—. Estaba dentro de los frascos que habéis tirado en la playa…

—Pero ¡hace una peste insoportable! ¡No te acerques! —protestó Antón, mientras continuaba rascándose la cara.

—Por mucho que apeste terriblemente, a mí no me ha picado ni un mosquito —respondió de inmediato Ondina—. Mientras que tú tienes la cara tan grande como una ballena.

Jim sonrió para sí: ¡qué suerte que una chica tan lista y emprendedora formara parte de su tripulación!

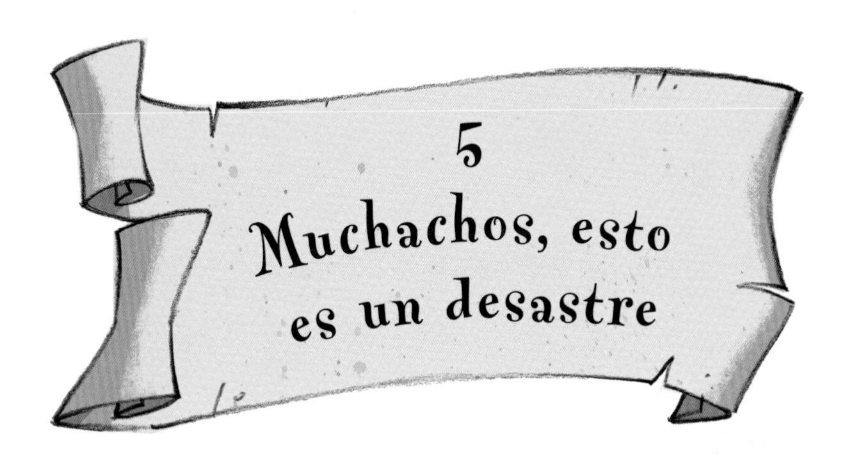

5
Muchachos, esto es un desastre

La pandilla de piratas subía por una serie de escalones torcidos tallados en la roca. Estaban muy cerca de la cima de la montaña y sobre sus cabezas seguían suspendidos grandes nubarrones negros.

—Caramba, ¡es la tarde más fea de mi vida! —jadeó Antón.

—¡Eres realmente un quejica! —le dijo Babor—. Mira el lado positivo: ¡dentro de poco llegaremos a la Escuela de Piratas!

—¿Dentro de poco? —replicó el joven fran-

cés—. ¡Qué ingenuo eres! Ni siquiera estamos a mitad de camino…

—¿Y tú cómo lo sabes? —intervino Estribor—. ¿Te lo dice la brújula?

—No, ¡me lo dice aquel cartel de allí!

Colgado de un clavo oxidado, había un cartel de madera medio quemada. Bajo el dibujo de una calavera, se hallaba escrito:

¡PRONTO SABRÉIS LA VERDAD!
¡LO SIENTO, VAIS SÓLO POR LA MITAD!

—¿Veis como tengo razón? —dijo Antón, dándose aires de importancia.

Babor y Estribor se quedaron con la boca abierta de par en par. Ondina se sentó sobre un escalón, con la cabeza entre las manos. Sólo Jim no parecía preocupado. Al contrario, tenía un aire resuelto.

Muchachos, esto es un desastre

Había estado pensando mucho durante esa última hora.

Era imposible que la Escuela de Piratas se encontrara en la cima de la montaña. ¿Dónde atracaban las naves? ¿Quién llevaba hasta allí arriba los tesoros robados? ¿Y cómo se las arreglaban para comer? No había duda: para llegar a la Escuela de Piratas tenían que alcanzar la cima de la montaña y descender por la ladera contraria.

—¡Ánimo, amigos: en marcha! —ordenó—. ¡Quedan sólo unas pocas horas para que se ponga el sol!

Los muchachos reemprendieron el camino sin protestar. Bueno, no todos, está claro…

—¿Y desde cuándo te has convertido en nuestro capitán? —preguntó Antón, negándose obstinadamente a moverse.

Ondina se acercó a él y lo amenazó agitan-

do su frasco. En su interior todavía quedaba líquido maloliente:

—¡Espabila! ¡O te lo tiro a la nariz!

El muchacho soltó un bufido, pero se puso a caminar detrás de los demás, arrastrando los pies.

Tras una última curva, el camino concluía en un muro de piedra. Era la cumbre de la montaña. Treparon sin problemas por él, apoyando los pies en las grietas y agarrándose a los salientes.

Ante sus ojos se extendía un paisaje insólito: una amplia cavidad circular, gris y polvorienta.

El aire temblaba a causa del calor, tan intenso que allí no se podía ni respirar.

—Pero ¿qué clase de lugar es éste? —gimoteó Antón.

Babor ensanchó los orificios de la nariz:

—Está lleno de huevos podridos…

—¡No son huevos podridos, es azufre! —dijo Jim.

—¿Azufre? —exclamó Estribor.

—¿Adónde hemos ido a parar? —chilló Antón—. ¡No veo ninguna Escuela de Piratas!

—Es el cráter de un volcán —dijo Ondina a sus espaldas.

Los muchachos se volvieron hacia ella con una mirada interrogativa.

—¿Un volcán?

—¿Estamos en peligro?

—¡Qué va! —contestó Jim sacudiendo la cabeza—. Lo único que debemos hacer es encontrar el camino para atravesar este cráter y…

En ese momento cayó del cielo el primer goterón de lluvia, acompañado del rugido de un trueno.

Los jóvenes piratas lo interpretaron como

una invitación a reemprender la marcha. Se adentraron a todo correr en el cráter siguiendo a Jim, en medio del polvo que levantaban al avanzar y cubriéndose los ojos como mejor podían.

En el interior no había ningún refugio ni tampoco señalizaciones.

La lluvia comenzó a arreciar, pero las gotas se evaporaban a causa del calor en cuanto tocaban el suelo, transformándose en una capa de neblina. ¡Era como correr dentro de una sauna pegajosa!

Y, lo más importante, no se veía nada.

Los muchachos erraban a ciegas. Probaron en todas direcciones, pero siempre volvían al mismo punto. Estaban completamente desorientados.

¡TRUUUUMMMMMMMMM!

De improviso surgió del suelo un altísimo chorro de agua. La tierra tembló bajo sus pies.

—¡Escapad! ¡Es un géiser! —gritó Jim.

—¡Vayamos por ahí! —exclamó Ondina.

—¡Paaaaso! —silbó Antón, deslizándose ante ellos como la bala de un cañón.

Los muchachos treparon de nuevo fuera del cráter. Estaban empapados por la lluvia y completamente cubiertos de ceniza gris. Sólo Babor y Estribor parecían felices y contentos.

—¡Qué espectáculo, hermanito! —dijo el primero.

—¡De locura! ¡TRUUUMMMM! ¡La cosa más sensacional que he visto en toda mi vida! —confirmó el segundo.

Los hermanos se quedaron contemplando los sucesivos chorros de agua del géiser, mientras los otros discutían a sus espaladas.

—Debemos llegar al otro lado —dijo Jim con resolución.

—¡Yo quiero volver a casa! —sollozó en cambio Antón—. ¡Volvamos a casa!

Ondina lo miraba pensativa.

—Tal vez Antón tenga razón —dijo poco después.

Jim se la quedó mirando asombrado. Antón dejó por un instante de gimotear.

—¡Mira qué chorro! —exclamó mientras tanto uno de los dos hermanos.

Capítulo 5

—¿Recordáis qué ha dicho el capitán Hamaca esta mañana? —dijo Ondina.

—«Nunca confiéis en la palabra de un pirata» —respondió Jim.

—Exacto. ¿Y qué estaba escrito en los carteles que hemos seguido hasta aquí?

—Que habíamos tomado el buen camino.

—Y sin embargo…

—¡No hacemos más que equivocarnos! —concluyó en su lugar Jim.

Antón sorbió por la nariz, interesado:

—¿Y qué pensáis del último cartel?

Jim fue a leerlo de nuevo.

—Si Ondina tiene razón, quiere decir que ni siquiera estamos a mitad de camino.

Antón se quedó pasmado.

—¿Así que nos han engañado? —dijo con los labios temblorosos y amenazando con romper a llorar.

Muchachos, esto es un desastre

Jim y Ondina se miraron a los ojos, asintiendo preocupados. El sol estaba a punto de ponerse. Se acercaron a Babor y Estribor y les tiraron de las mangas.

—¿Qué pasa? —preguntó Estribor.

—Debemos volver a toda prisa a la playa —respondió Jim. Y explicó brevemente la situación a sus amigos.

Los hermanos no parecían convencidos.

—¿Y si lo que dice el cartel es verdad? —protestó Estribor mientras echaba un vistazo a la boca del volcán, del que acababa de surgir un potente chorro de agua.

—Ya, ¿y si la escuela está al otro lado del volcán? —acudió en su ayuda Babor.

Capítulo 5

En ese momento se oyó un ruido terrible y surgió un chorro de agua tan fuerte que la tierra empezó a quebrarse bajo sus pies.

Los dos hermanos abandonaron el volcán sin rechistar.

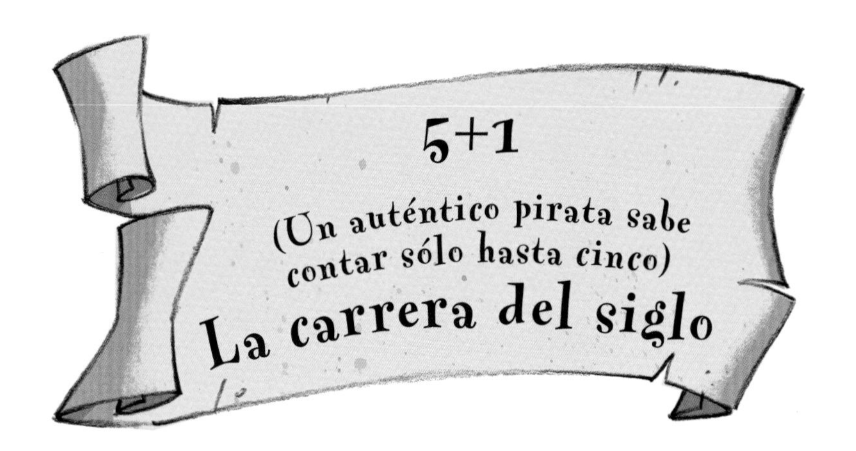

¡En qué lío se habían metido! Desandar todo lo andado en tan poco tiempo…

Corriendo hasta el límite de sus fuerzas, los muchachos no prestaban atención al paisaje. Sólo controlaban la posición del sol tras las nubes que se aclaraban, esperando que no volviera a caer una lluvia torrencial. Si se ponía el sol, ¡adiós a la Escuela de Piratas!

—¿Cómo nos las arreglaremos con los monos? —preguntó Estribor.

—¡Ya pensaremos en ello cuando llegue el

momento! —fue la cortante respuesta de Jim.

Corrían y corrían, con Antón que los seguía jadeante y encontrando siempre un pretexto para recuperar el aliento. «¡Parad, tengo una piedra en la bota!» O: «Me pica la cara, he de ponerme un ungüento de diente de león, como me aconsejaba mi abuela…».

Tras dos o tres interrupciones por el estilo, los otros ya no le hacían caso y seguían su camino.

El primer momento dramático ocurrió en el puente de cuerdas. La lluvia las había aflojado y parecían tres espaguetis recocidos.

—Puesto que no tenemos talco, embadurnaros las manos con tierra. ¡Os podréis agarrar mejor! —aconsejó Ondina.

Babor y Estribor, sin embargo, ya estaban, alborozados, en la parte opuesta que debían alcanzar los cinco. El resto se ensució las manos hasta los codos.

—Al final de esta aventura, necesitaré tomar un baño —se rio Ondina mientras atravesaba el puente—. ¡Me he ensuciado por todas partes, desde la punta del cabello hasta la de los pies!

Jim le respondió con una sonrisa. Con su espíritu emprendedor, la niña siempre conseguía tranquilizarlo y ponerlo de buen humor. Mientras que Antón…

—¡Esperad! ¡No puedo moverme, veo doble!

Ni siquiera tuvieron tiempo para responderle. El cielo se oscureció en un instante y comenzó a gruñir. Estaba a punto de desencadenarse otra tempestad.

—¡Voy! —se decidió Antón al oír el primer trueno. Fue el más rápido de todos.

La carrera de los piratas prosiguió en medio del diluvio universal. Los goterones eran tan grandes que cuando llegaban al suelo no hacían ¡plic, plic!, sino ¡CHOF, CHOF!

—¡Me ha entrado la lluvia en las orejas y estoy mareado! —insistió una vez más Antón.

—Pero ¿quieres callarte de una vez? —le gritaron casi todos.

Llegados al claro de los monos, se escondieron para tramar un plan detrás de una roca. Uno de los hermanos se asomó a mirar.

—¿Ves algo? —le preguntó Jim.

—No, ni un mono.

—Tal vez no les guste la lluvia —observó Ondina.

—Vía libre —anunció Jim—. Pero ¡corramos a la máxima velocidad!

Fue la carrera más rápida de todo el día. Sólo Antón se quedó atrás. Cuando ya habían llegado al amparo de las rocas, los otros lo animaron a acelerar el paso.

—¡Ja ja ja ja! —se reía como un fanfarrón—. ¡Esos monos tienen miedo de dos gotas de agua!

Puntual como el repique de una campana, una piedra lanzada con absoluta precisión lo golpeó en la nuca.

Los otros estallaron en risas. Después, los cinco se pusieron de nuevo a correr en dirección a la playa.

El último tramo del camino era el más fácil. Y los muchachos continuaron escrutando el cielo, cada vez más rojo, temiendo que el sol desapareciese de un momento a otro.

En el camino se habían formado unos charcos gigantescos que les obligaban a ir más despacio.

En un momento dado, uno de los hermanos resbaló y cayó en un charco de agua provocando una gran salpicadura que empapó al pobre Antón.

—¡¡Eeeh!! —chilló el niño, escupiendo agua como una fuente—. ¿Quieres ahogarme? ¿No bastaba con la lluvia?

Babor fue a ayudar a su hermano a ponerse en pie. El terreno, sin embargo, estaba tan resbaladizo que cayó en otro charco al tirar de Estribor.

Antón intentó refugiarse; demasiado tarde: una ola gigante lo empujó, arrojándolo en medio de los dos hermanos que se partían de risa.

—Os odio —dijo Antón de todo corazón, estrujándose los cabellos empapados de agua y fango.

Reemprendieron la marcha sin más inci-

dentes y al final llegaron a la playa en la que el capitán Hamaca los había dejado aquella misma mañana.

Volvieron frente al primer cartel. Decía:

¡PELIGRO DE MUERTE!

¡MANTENEOS ALEJADOS DE AQUÍ!

—¿Y si Ondina se equivoca? —protestó Antón—. ¡La brújula señala el NO!

—¡O esto o nada, no nos queda otro remedio! —respondió Jim—. ¿Qué decís, lo probamos?

Sus compañeros asintieron con la cabeza.

Reanudaron la marcha intentando hacer oídos sordos a los lamentos de Antón. Por esa parte, el camino era ancho y plano. Tras dar unos pocos pasos, giraron en torno a una gran roca y vieron, cercanas, algunas cabañas en la playa.

—¡VIVA! —exclamaron todos juntos a voz en cuello.

Pero el sol ya estaba ocultándose por detrás de la línea azul del mar.

—¡Un último esfuerzo, amigos! —los animó Jim.

El camino estaba enfangado. Las botas les pesaban a causa del lodo y parecían pegarse al terreno. Los niños se las quitaron a toda prisa y saltaron como centellas por la arena.

Tras un grupito de palmeras descubrieron una hamaca amarilla y verde, que ocupaba un hombre corpulento.

¡Se trataba, sin duda, del capitán Hamaca!

—Mira, justo a tiempo —dijo con un bostezo el maestro de Lucha.

Los muchachos estaban agotados del viaje. Se arrojaron al suelo entre lamentos.

El capitán Hamaca se dio media vuelta y

empezó a roncar. Jim miró a sus compañeros, luego sacudió con fuerza al maestro.

—¡Eh! ¿Qué sucede? —preguntó el capitán Hamaca.

—Ummm, señor… nos gustaría ir a la escuela…

—Y quizá comer algo, y también darnos un baño —añadió Ondina.

—¿Es un chiste? ¡Estás empapada de lluvia, cubierta de barro y ceniza y apestas como un barril de bacalao! ¡Por fin empiezas a parecerte a un verdadero pirata! —tronó el capitán Hamaca.

Antes de volver a dormirse, señaló con un enorme dedo un cuchitril de madera en la playa.

—Id a ver al capitán Sorrento —dijo—, os preparará un sabroso caldo de medusas. Y después descansad, mañana empezaremos con las lecciones.

Los niños se miraron exultantes.

¡Estaban admitidos en la Escuela de Piratas!

Nociones
de
piratería

La Escuela de Piratas

7
N
E
S
1. Hacia el volcán
2. Cabañas de la tripulación
3. Cocina
4. Palmeral de la siesta
5. Casitas de los capitanes
6. Comedor
7. Hacia la Pared
de la Cuesta Arriba
8. Hacia la playa
del Entrenamiento
9. Muelle
10. Botes
11. Embarcaciones
de la escuela
12. Mar Caldosa

Perderse en un vaso de agua

Perderse en un vaso de agua
¿Alguna vez te has perdido en un bosque? Pues bien, ¡no es nada divertido! Imagínate cómo se debe sentir quien se pierde en mar abierto…

¿Cómo orientarse?
A finales de la Antigüedad, los navegantes descubrieron muchos métodos para orientarse en el mar. El más sencillo consiste en observar la posición del sol. Por la mañana sale por el Este, al mediodía está en el Sur y por la tarde, en el Oeste.

¿Cómo orientarse de noche cuando se ha puesto el sol?
De noche pueden observarse las estrellas. La estrella Polar no es particularmente luminosa pero ha ayudado a muchos navegantes a recuperar el rumbo. Se encuentra cerca de la constelación de la Osa Mayor, el famoso Carro Mayor.

¿Qué sucede si el cielo está cubierto de nubes?

El método más eficaz es utilizar una brújula, que siempre indica la dirección en que se encuentra el norte. ¡Desde que se inventó resulta muy difícil perderse en el mar!

¡Por suerte existe la brújula!

La brújula es el instrumento principal de los navegantes, ¡incluidos los piratas! La descubrieron los vikingos y los chinos hacia el año 1100. Se lanzaban al suelo agujas magnetizadas y éstas, como por arte de magia, giraban automáticamente hacia el Norte, lo que dejaba impresionados a los espectadores. Sólo más tarde los navegantes adoptaron la brújula.

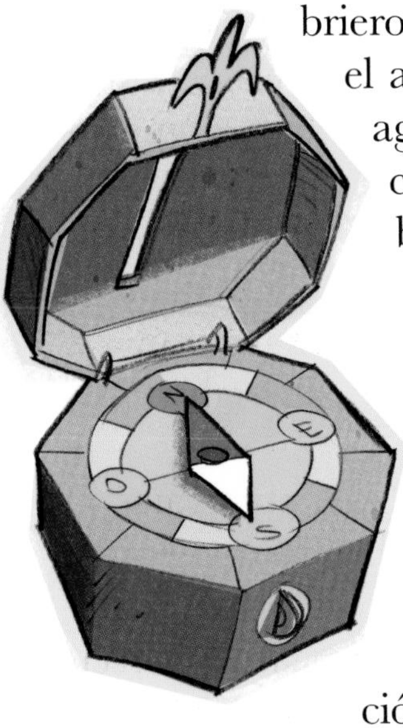

La brújula tiene una aguja giratoria que apunta siempre en dirección al Norte. Una vez que se conoce la posición de este punto cardinal, es fácil encontrar el resto: el Sur se halla en el sentido opuesto; el Este, a la derecha; y el Oeste, a la izquierda.

El Código de los Cinco Dedos

Entre los piratas del mar de los Satánicos se utiliza un código muy particular, ¡el Código de los Cinco Dedos! Las cinco reglas que lo componen se enseñan a todos los alumnos de la Escuela de Piratas y se cuentan justamente con los dedos de una mano:

PULGAR: ¡hipócrita y antipático!
Cuando un pirata se encuentra con otro pirata, debe utilizar expresiones llenas de colorido para saludarlo, como «¡Vieja ballena apestosa!» o «¡Ladrón de mar apestoso!». Cuanto más célebre es un pirata, mayor es el número de expresiones.

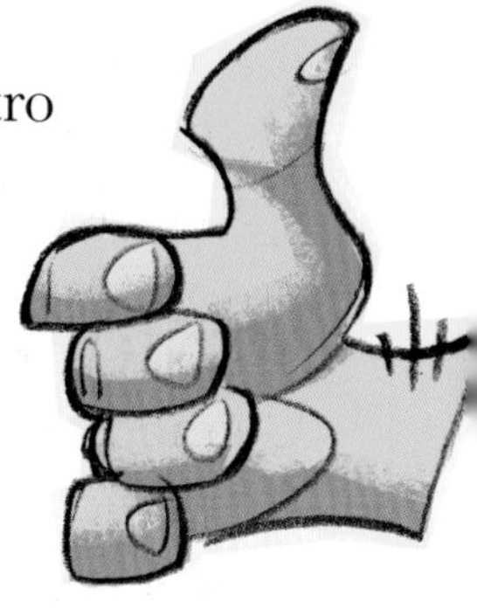

INDICE: ¡esfúmate, piojo!
Un auténtico pirata asusta, aterra, insulta y desprecia a su enemigo, pero debe permitirle llevar la existencia normal de un pirata. Esto significa que, si un pirata tiene una pata de palo, no se le puede herir en la otra pierna. ¡Por supuesto que las balas de cañón no están obligadas a respetar esta regla!

CORAZÓN: ¡palabra de pirata!
Un auténtico pirata nunca miente a otro pirata, excepto cuando describe una hazaña particular o un viaje increíble… ¡que tal vez tampoco ha hecho!

ANULAR: ¡infortunio a bordo!
En mar abierto, todo capitán puede decidir quién es portador de suerte o de desgracia. Según esta regla, cualquiera que realice un acto que acarree un infortunio puede ser ¡arrojado al mar de inmediato!

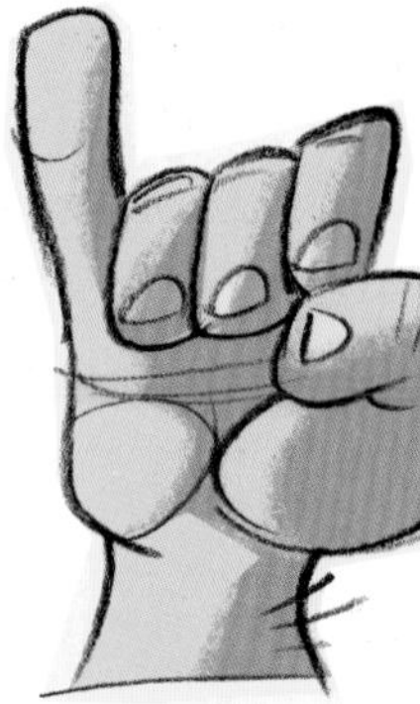

MEÑIQUE: ¡salvar el pellejo!
Cuando un pirata tiene que «salvar el pellejo», puede hacer cualquier cosa sin que se le juzgue mal. Por ejemplo, ¡huir a todo correr o zambullirse en un charco lleno de barro son también actos de valor!

PUÑO: La sexta regla, no escrita.
Es una suspensión momentánea de todas las reglas y permite a los piratas discutir entre sí libremente ¡antes de ponerse de acuerdo!

Índice

1. El Acantilado de las Medusas

Jim y sus amigos han llegado al Acantilado de las Medusas. Allí les espera la primera prueba: el capitán Hamaca los abandona en una playa solitaria con un cofre lleno de extraños objetos. Los niños deberán encontrar la escuela antes de que se ponga el sol…

2. ¡Todo el mundo a bordo!

Mientras las demás tripulaciones participan en la tradicional Competición de las Olas, Jim y sus amigos están ocupados con su primera lección a bordo de un barco pirata.
Se trata de la *Lechuza barbuda*, la vieja cafetera del capitán Hamaca…

3. El terrible pirata Barba de Fuego

El director Argento Vivo regresa al Acantilado de las Medusas para meter en la cárcel a su peor enemigo, ¡el terrible pirata Barba de Fuego! Pero los Lobitos de Mar, sin querer, agujerean de un cañonazo la nave de Argento Vivo, liberando a Barba de Fuego…